PYJAMASQUES

BD

PYJAMASQUES

1

PRÊTS POUR L'AVENTURE !

D'APRÈS L'ŒUVRE ORIGINALE DE

ROMUALD

ADAPTÉ PAR GUSTAV PAULIN

Gallimard Jeunesse Giboulées

LES PERSONNAGES

Bibou Yoyo Gluglu

Apophis

Hector Étoile

Gorgonella

Pyja-robot

Loune

Scarloup

Tiloup

Roméo

SOMMAIRE

PYJAMASQUES

ROMÉO S'ATTAQUE AU CIEL

PREMIÈRE PARTIE

AMAYA, GREG ET SACHA SE PROMÈNENT DANS LA RUE, QUAND SOUDAIN…
WOW!
C'EST QUOI, CES TROUS ?
C'EST BIZARRE.

PYJAMASQUES, ON A UN NOUVEAU DÉFI.
LES SOUCIS, ON LES RÈGLE LA NUIT !

VOUS AVEZ VU CES ROBOTS VOLANTS ?
CE SONT NOS VOLEURS.
C'EST DU ROMÉO TOUT CRACHÉ !
LES PYJAMASQUES SONT BIEN DÉCIDÉS À LES EMPÊCHER DE PILLER LA VILLE. ILS SAUTENT DANS L'ASTRO-HIBOU...
C'EST QUOI CES DRÔLES DE NUAGES TOUT POISSEUX ? ON N'Y VOIT PLUS RIEN.
BEURK !
NE VOUS INQUIÉTEZ PAS.
HIBOU-VISION !

TOUT À COUP, L'ASTRO-HIBOU MANQUE DE PERCUTER UNE IMMENSE TOUR DRESSÉE AU MILIEU DES NUAGES.
WOW!
QU'EST-CE QUE C'EST ? POSONS-NOUS.
ON DIRAIT UNE TOUR GÉANTE. ALLONS VOIR DE PLUS PRÈS.

EN BAS DE LA TOUR, ILS APERÇOIVENT UN ASPIRATEUR GÉANT QUI ENGLOUTIT TOUS LES OBJETS MÉTALLIQUES VOLÉS PAR LES ROBOTS.
GLING
GLONG
BLING
TIENS, TIENS... LES PYJA-CASSE-PIEDS.
ROBOTS-VOLANTS, CAPTUREZ-LES !
ATTENTION !
AAAHH ! ILS VONT TROP VITE.
SAUVONS-NOUS !

OUF! ON L'A ÉCHAPPÉ BELLE. CES ROBOTS ÉTAIENT SI RAPIDES.
C'EST VRAI. ET ILS RESSEMBLENT À PYJA-ROBOT !
SI ON TE REPEINGNAIT EN BLEU, TU FERAIS UN SUPER ESPION...
???
C'EST QUAND MÊME RISQUÉ, TON PLAN, BIBOU.
!!!
T'INQUIÈTE, PYJA-ROBOT EST UN VRAI HÉROS, COMME NOUS.

LES PYJAMASQUES SONT DE RETOUR AU BAS DE LA TOUR INFERNALE DE ROMÉO.
JE VAIS CRÉER UNE DIVERSION POUR QUE PYJA-ROBOT PUISSE SE MÊLER AUX ROBOTS-VOLANTS.
ATTRAPE-MOI SI TU PEUX, ROMÉO !
YOYO RAPIDO !
À L'ATTAQUE ROBOT !
ROBOT ! ATTRAPER YOYO !
COURS TOUJOURS, BOÎTE DE CONSERVE !
YOYO SÈME ROBOT ET DISPARAÎT ENTRE LES ARBRES.

PYJA-ROBOT RÉUSSIT À SE GLISSER DANS LE RANG DES ROBOTS-VOLANTS. MAIS UNE FOIS EN HAUT...
HALTE, INSPECTION DES TROUPES !
ON VA FAIRE UNE PETITE PARTIE DE « ROMÉO A DIT ».
ROMÉO A DIT... DEMI-TOUR À GAUCHE ! ROMÉO A DIT... QUART DE TOUR À DROITE ! MAINTENANT ROMÉO A DIT...
... FAITES LA DANSE TOP SECRÈTE APPRISE HIER !
PYJA-ROBOT N'ARRIVE PLUS À SUIVRE.
ATTRAPEZ-MOI CET INTRUS !
PYJA-ROBOT DÉMASQUÉ, LES ROBOTS-VOLANTS L'ENFERMENT.

TU VOIS PYJA-ROBOT ?
OH NON !
IL EST PRISONNIER !
SOUDAIN, LE VISAGE NARQUOIS DE ROMÉO S'AFFICHE SUR LEUR ÉCRAN...
MOUAHAHAH ! VOUS AVEZ VRAIMENT CRU QUE J'ALLAIS CONFONDRE VOTRE ROBOT AVEC LES MIENS !
JE VAIS LE FAIRE TRAVAILLER DUR DANS MON USINE À NUAGES ! HA, HA, HA !
JE VOUS LAISSE LES PYJA-NULS, JE DOIS METTRE LE MONDE À MES PIEDS !
ET NOUS, ON A UN AMI À DÉLIVRER. C'EST L'HEURE D'ÊTRE DES VRAIS HÉROS !

PEU APRÈS, AU BAS DE LA TOUR, YOYO ET GLUGLU ESSAYENT DE DÉTOURNER L'ATTENTION...
HÉ, ESSAYEZ DE NOUS ATTRAPER, LES ROBOTS !
VOUS M'AUREZ JAMAIS.
HI, HI !
... PENDANT QUE BIBOU S'ENVOLE VERS LE SOMMET.
À MOI DE JOUER !
MAIS... QU'EST-CE QUE C'EST QUE ÇA ?
BIBOU DÉCOUVRE EN HAUT DE LA TOUR L'ASTRO-LABO GÉANT DE ROMÉO.
NOM D'UN HIBOU ! C'EST UNE USINE VOLANTE !

AU BAS DE LA TOUR, LE COMBAT FAIT RAGE.
ILS SONT CORIACES CES VILAINS ROBOTS !
WOW !
BIBOU PARVIENT À S'INTRODUIRE DANS L'USINE. ELLE CHERCHE PYJA-ROBOT QUAND TOUT SE MET À TREMBLER...
OH NON, L'ASTRO-LABO DÉCOLLE !
PYJA-ROBOT ET BIBOU SONT COINCÉS À L'INTÉRIEUR, IL FAUT LES SAUVER !

PYJA-ROBOT, TU ES LÀ ?
PHT VRRT BZZZ BZZ !
BIBOU PARVIENT À DÉLIVRER PYJA-ROBOT. IL EST TOUT JOYEUX DE LA RETROUVER, MAIS ILS SONT AUSSITÔT ENCERCLÉS.
VIENS ! SAUVONS-NOUS D'ICI !
TU VAS OÙ COMME ÇA, BOULE DE PLUME ?
ATTRAPEZ-LES !
LAISSE-NOUS PARTIR ROMÉO !
VOUS ÊTES MES PRISONNIERS, VOUS M'APPARTENEZ MAINTENANT !
À CE MOMENT-LÀ, YOYO ET GLUGLU SURGISSENT.
ILS NE T'APPARTIENDRONT JAMAIS !

AAAARRH !
ROBOTS, PULVÉRISEZ-LES !
GLUGLU BOUCLI-ÉCAILLES !

YOYO RAPIDO !
AAAH !

MALGRÉ LES TIRS DES ROBOTS-VOLANTS, GLUGLU ET YOYO PARVIENNENT À FAIRE SORTIR BIBOU ET PYJA-ROBOT.
VITE À L'ASTRO-HIBOU !
VROOOOO !

NOS HÉROS S'ÉLOIGNENT SAINS ET SAUFS DE L'ASTRO-LABO DE ROMÉO. LE PETIT GÉNIE ENRAGE...
RRRAAAH!
FUYEZ LES PYJA-LÂCHES, MAIS TRÈS BIENTÔT VOUS ENTENDREZ PARLER DE MOI!
ON N'A PAS DÉTRUIT SON USINE À NUAGES POISSEUX.
ON S'EN OCCUPERA LA PROCHAINE FOIS. ON A SAUVÉ NOTRE AMI PYJA- ROBOT.
PYJAMASQUES, ON CRIE HOURRA...
CETTE NUIT, ON A RÉGLÉ LES TRACAS!
À suivre

PYJAMASQUES

BIBOU PROTÈGE LE CIEL

SECONDE PARTIE

LE JOUR SUIVANT AU PARC...
VOUS PENSEZ QUE ROMÉO EST PARTI ?
ÇA M'ÉTONNERAIT, VOUS TROUVEZ CES NUAGES NORMAUX, VOUS ?
BEURK !
C'EST VRAI, ILS ONT L'AIR TOUT POISSEUX.
ET IL Y EN A DE PLUS EN PLUS ! **CETTE NUIT, ON A UN NOUVEAU DÉFI**...
LES SOUCIS, ON LES RÈGLE LA NUIT !

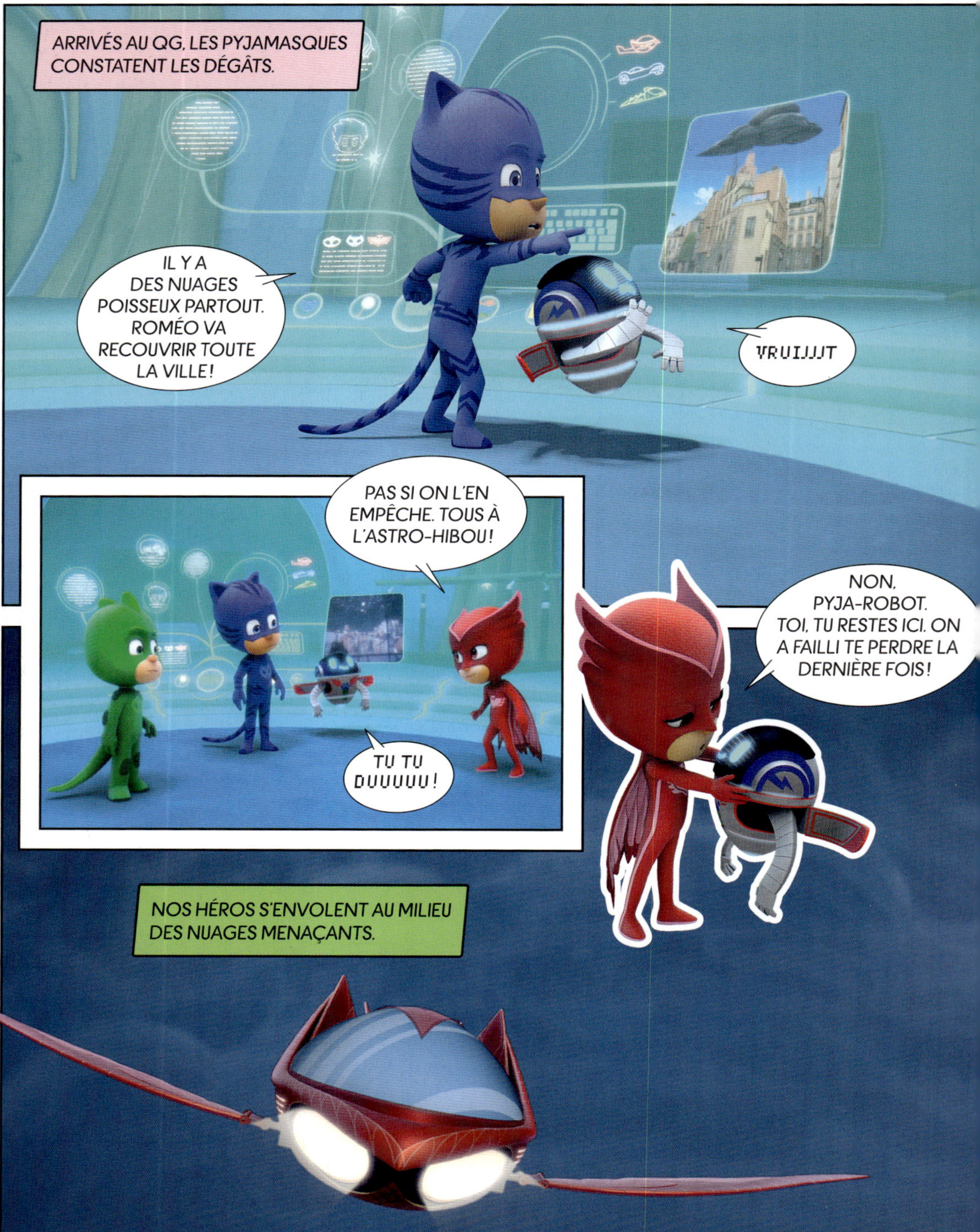
ARRIVÉS AU QG, LES PYJAMASQUES CONSTATENT LES DÉGÂTS.
IL Y A DES NUAGES POISSEUX PARTOUT. ROMÉO VA RECOUVRIR TOUTE LA VILLE !
VRUIJJJT
PAS SI ON L'EN EMPÊCHE. TOUS À L'ASTRO-HIBOU !
TU TU DUUUUU !
NON, PYJA-ROBOT. TOI, TU RESTES ICI. ON A FAILLI TE PERDRE LA DERNIÈRE FOIS !
NOS HÉROS S'ENVOLENT AU MILIEU DES NUAGES MENAÇANTS.

AU MÊME INSTANT, PLUS HAUT DANS LE CIEL, L'ASTRO-LABO GÉANT DE ROMÉO CONTINUE DE FABRIQUER DES NUAGES POISSEUX.
HA, HA !!!
JE VAIS RECOUVRIR LA VILLE AVEC MES NUAGES ET JE NE LES ENLÈVERAI QUE QUAND TOUT LE MONDE AURA PROMIS DE M'OBÉIR !
SALLE DE CONTRÔLE, ENCORE PLUS DE NUAGES ! PLUS, PLUUUS !
BIEN MAÎTRE !

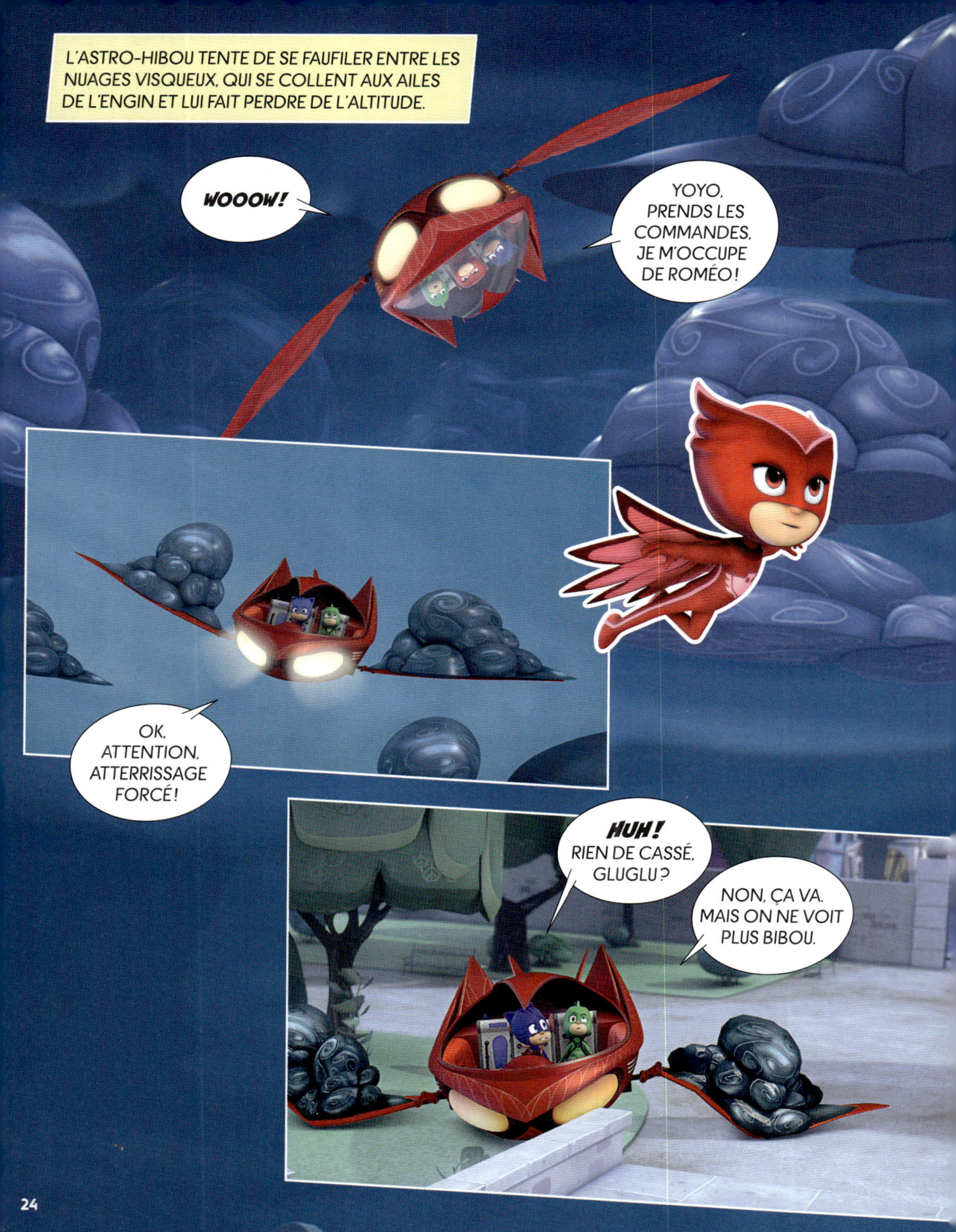
L'ASTRO-HIBOU TENTE DE SE FAUFILER ENTRE LES NUAGES VISQUEUX, QUI SE COLLENT AUX AILES DE L'ENGIN ET LUI FAIT PERDRE DE L'ALTITUDE.
WOOOW!
YOYO, PRENDS LES COMMANDES, JE M'OCCUPE DE ROMÉO !
OK, ATTENTION, ATTERRISSAGE FORCÉ !
HUH! RIEN DE CASSÉ, GLUGLU ?
NON, ÇA VA. MAIS ON NE VOIT PLUS BIBOU.

MÊME AVEC SES AILES TOUTES SALES ET COLLANTES, BIBOU PARVIENT À ATTEINDRE L'ASTRO-LABO.
ÇA SUFFIT ROMÉO !
OUH...
TU CROIS QUE TU ME FAIS PEUR ? ROBOT, OCCUPE-TOI D'ELLE !
ROBOT ATTRAPE BIBOU ET LA JETTE AU-DESSUS DES NUAGES.
SSSSSH !
OH, DE L'AIR PUR ! ÇA ENLÈVE UN PEU DE POISSE SUR MES AILES.
SSSSSH !
MAIS IMPOSSIBLE DE RESTER PLUS LONGTEMPS, ELLE EST OBLIGÉE DE SE POSER.
JE DOIS REMONTER POUR FINIR DE DÉCRASSER MES AILES ! MAIS COMMENT ?

MAÎTRE, VOUS AVEZ RÉUSSI ! LA VILLE EST TOTALEMENT RECOUVERTE DE NUAGES.
ÇA SUFFIT PAS !
JE VEUX RECOUVRIR LE MONDE ENTIER.
DOUBLE TURBO POISSE !!!
SPOOOUCH
SPOOUCH
SPOUCH

MAIS LES PYJAMASQUES ONT UN PLAN : APRÈS UN PEU DE BRICOLAGE, BIBOU S'INSTALLE AU VOLANT DU CHAT-BOLIDE.
EUH... T'ES SÛRE DE TOI, BIBOU ? ÇA A L'AIR DANGEREUX...
T'INQUIÈTE YOYO, ÇA VA PLANER !
YOUHOU !
VROUMMM
VROUMMM
LE CHAT-BOLIDE S'ÉLÈVE DANS LE CIEL...
... ET FINIT SA COURSE DANS UN NUAGE GLUANT. BIBOU S'ÉJECTE ET PROFITE D'UN PEU D'AIR PUR...
JBING
... JUSQU'À CE QU'ELLE PERCUTE, ELLE AUSSI, UN NUAGE DE POISSE.
SPLOSH !
SPLURCH !
BEURK ! NOOON !

BIBOU N'A PAS DIT SON DERNIER MOT. ELLE FONCE AU QG !
FAUT SORTIR LES GRANDS MOYENS... **DÉCOLLAGE DU SPATIO-TOTEM !**
VIUR ? VTJJ ?
MAIS LE QG NE VEUT PAS DÉCOLLER NON PLUS.
OH NON, IL EST AUSSI EMPÊTRÉ !
PYJA-ROBOT TENTE DE LE DÉGAGER AVEC UN GRAPPIN.
PHT VRRT BZZZ BZZ !
BONG
MAIS LE GRAPPIN LÂCHE, ET LE PETIT ROBOT EST PROJETÉ DANS LES AIRS.
PFFF !
PFFF !

PYJA-ROBOT SE RETROUVE COLLÉ À L'ASTRO-LABO DE ROMÉO.
IL FAUT LE SORTIR DE LÀ !
REGARDE, IL NOUS MONTRE L'ASPIRATEUR GÉANT
BRAVO, PYJA-ROBOT, C'EST ÇA, LA SOLUTION !
DIRECTION L'ASTRO-LABO !
ZBOIIIING
C'EST L'HEURE D'ÊTRE DES VRAIS HÉROS !

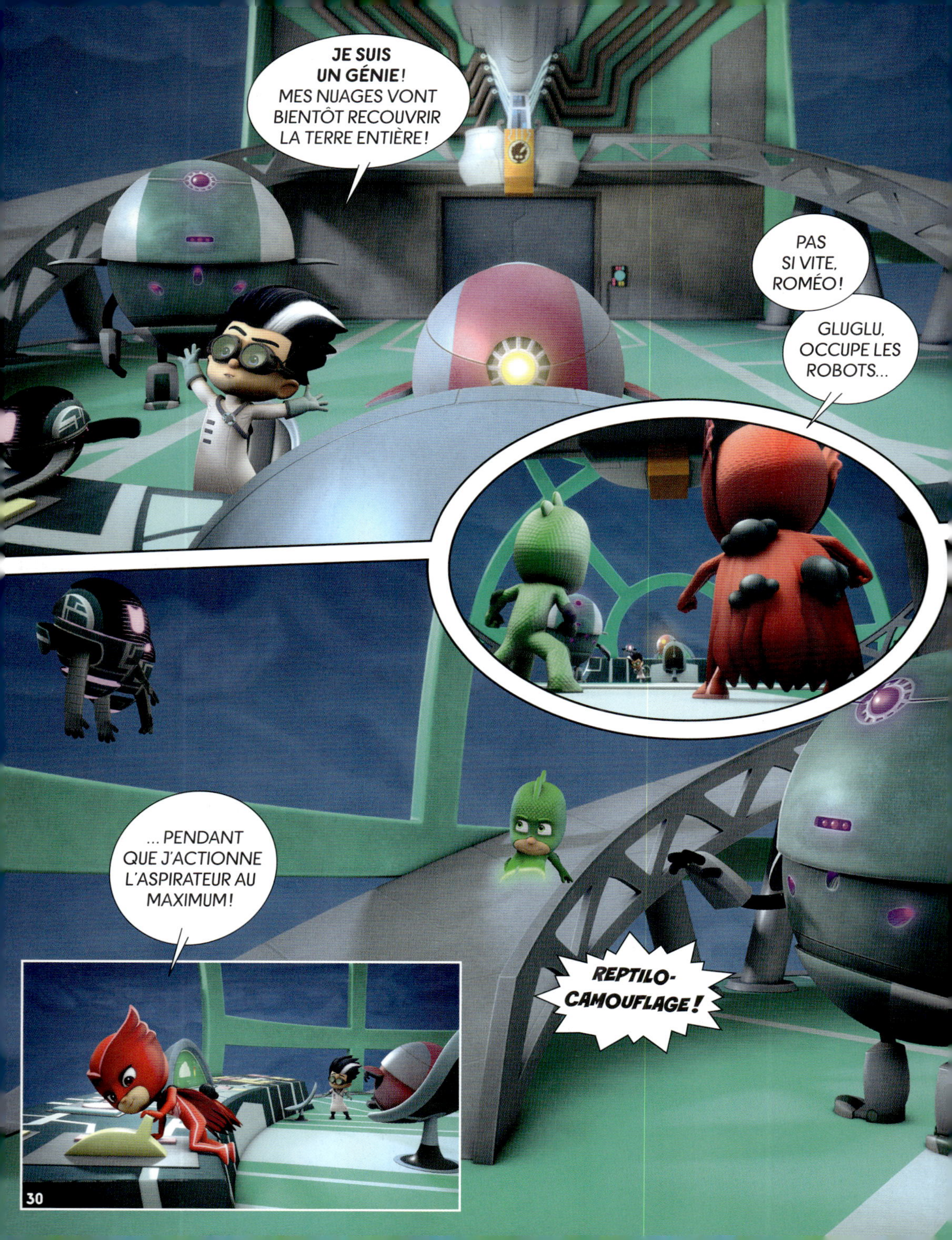

JE SUIS UN GÉNIE ! MES NUAGES VONT BIENTÔT RECOUVRIR LA TERRE ENTIÈRE !
PAS SI VITE, ROMÉO !
GLUGLU, OCCUPE LES ROBOTS…
… PENDANT QUE J'ACTIONNE L'ASPIRATEUR AU MAXIMUM !
REPTILO-CAMOUFLAGE !

L'ASPIRATEUR GÉANT ENGLOUTIT LES NUAGES DE POISSE UN PAR UN.

GÉNIAL, BIBOU, ÇA MARCHE ! LES NUAGES DISPARAISSENT !
MAINTENANT, SAUVONS PYJA-ROBOT !

RRRAAAH ! C'EST BLOQUÉ ! MES NUAGES...

ENFIN DE L'AIR PUR POUR NETTOYER MES AILES !
YOUHOU !
UUUH ! IL EST COINCÉ !
ATTENDS, YOYO, JE M'EN CHARGE !
BIBOU TORNADO !

MERCI LES AMIS.
BIEN JOUÉ, BIBOU ! TU ES LA PROTECTRICE DU CIEL !
SLURP
GRRR ! LES PYJA-NULS, VOUS AVEZ ENCORE TOUT GÂCHÉ !
PYJAMASQUES, ON CRIE HOURRA...
CETTE NUIT, ON A RÉGLÉ LES TRACAS !

PYJAMASQUES

LES PYJAMASQUES ET APOPHIS

EN CETTE BELLE NUIT DE PLEINE LUNE, LES FARFELOUPS SORTENT EN TROMBE DU MUSÉE...
AAAH !
FILONS VITE D'ICI !
MAIS LES LOUPS-GAROUS PERCUTENT UNE POUBELLE ET S'ÉTALENT DEVANT LES PYJAMASQUES.
QU'EST-CE QUE VOUS AVEZ ENCORE FAIT LES FARFELOUPS ?
ON VOULAIT JUSTE CASSER QUELQUES OBJETS DU MUSÉE ET ON EST TOMBÉ SUR... **LUI !**
IL EST SUPER DANGEREUX ! NOUS, ON NE RESTE PAS LÀ !
ALLONS JETER UN COUP D'ŒIL.

ALLEZ MONTRE-TOI LE SUPER DANGER ! NOUS SOMMES LES PYJAMASQUES !
LÀ, REGARDEZ ! UN PAPIER !
DES HIÉROGLYPHES ! C'EST L'ÉCRITURE QUI ÉTAIT UTILISÉE DANS L'ÉGYPTE ANCIENNE.

PLUS TARD AU QG DES PYJAMASQUES.
PYJA-ROBOT, PEUX-TU DÉCHIFFRER CE PAPYRUS TRÈS ANCIEN ?
TRUIJT VRR !
SOUDAIN LE PAPYRUS S'ILLUMINE ET UNE TERRIBLE DÉCHARGE DE PUISSANCE TÉTANISE LE PETIT ROBOT…
BZZZ
BRRR
VRJUIIIIIIIT !
PYJA-ROBOT, TU VAS BIEN ?
VRJTT PYJA-ROBOT PEUR !

LE LENDEMAIN À LA BIBLIOTHÈQUE.
CHERCHONS COMMENT DÉCHIFFRER CES HIÉROGLYPHES !
PYJA-ROBOT A VRAIMENT ÉTÉ SECOUÉ.
VOUS CROYEZ QUE CE SONT LES POUVOIRS D'UN NOUVEAU MÉCHANT ?
SI ON LE TROUVE, C'EST LUI QUI AURA AFFAIRE À NOS POUVOIRS !
PYJAMASQUES, ON A UN NOUVEAU DÉFI...
LES SOUCIS, ON LES RÈGLE LA NUIT !
RETOURNONS AU MUSÉE, C'EST NOTRE MEILLEURE PISTE.
NOUVEAU MÉCHANT, GARE À TOI !
TOUS AU CHAT-BOLIDE !

MAIS ARRIVÉS AU MUSÉE...
TOUJOURS PERSONNE !
... SOUDAIN LE SPHINX GÉANT S'ÉCLAIRE ET UNE PORTE S'OUVRE...
WOOOW!
QU'EST-CE QUE C'EST ?
JE SUIS APOPHIS, VOTRE PHARAON !
VOUSHHH
PHARAON, C'EST QUOI ÇA ?
C'ÉTAIT LES ROIS DANS L'ÉGYPTE ANCIENNE.
AGENOUILLEZ-VOUS DEVANT MOI, MISÉRABLES SERVITEURS !

NOUS NE SOMMES LES SERVITEURS DE PERSONNE, NOUS SOMMES LES PYJAMASQUES !
TOUTES LES CRÉATURES QUI VIVENT SOUS LE SOLEIL DOIVENT M'OBÉIR. LE MONDE ENTIER EST À MOI !
ÇA SUFFIT, LE PHARAON, TU VAS GOÛTER À NOS POUVOIRS...
YOYO...
... LIGO-TOOo !

LE LIGOTO DE YOYO S'ENROULE AUTOUR DU SCEPTRE D'APOPHIS QUI S'ILLUMINE AUSSITÔT.
TON POUVOIR N'EST RIEN À CÔTÉ DE CELUI DE MON SCEPTRE.
ET D'AILLEURS, TON POUVOIR, IL EST À MOI MAINTENANT !
HA HA HA !
PFFFF...
UUUH ! J'ME SENS TOUT DRÔLE !
POUVOIR DU CHAT ! ATTAQUE !
YOYO S'ÉLÈVE DANS LES AIRS...
MAIS... JE NE CONTRÔLE PLUS RIEN !
... ET LANCE SES LIGOTOS VERS SES AMIS.
NOOON !

BIBOU ET GLUGLU SE RETROUVENT FICELÉS PAR LES LIGOTOS DE YOYO.
HAHAAA !
OUPS ! DÉSOLÉ LES AMIS !
JE N'AI PLUS QU'À M'EMPARER AUSSI DES POUVOIRS DE L'OISEAU ET DU LÉZARD !
AU MÊME MOMENT AU QG.
KVRRJT ! PYJA-ROBOT TRÈS TRÈS PEUR !
ALLEZ, VENEZ MES SERVITEURS, ALLONS RÉGNER SUR LE MONDE !
ON NE PEUT RIEN FAIRE SON SCEPTRE EST TROP PUISSANT !

SOUDAIN, DANS UN CRISSEMENT DE PNEUS, LE CAMION DES PYJAMASQUES APPARAÎT AU BOUT DE LA RUE.
HEIN, QU'EST-CE QUE C'EST QUE ÇA ?
VROUMMM
ÇA, C'EST NOTRE AMI...
¡¡¡¡¡¡¡¡¡¡
TUTU QUUUUU ! ÊTRE DES VRAIS HÉROOOS !

HA HA ! C'EST CE QU'ON VA VOIR ! POUVOIRS DU LÉZARD ET DU HIBOU !
ATTENTION, PYJA-ROBOT, IL NOUS CONTRÔLE !
BIEN MALGRÉ LUI, GLUGLU LANCE SON BOUCLIER VERS LE PETIT ROBOT.
VRJTIIYK
TU TU DUUUUU !
MAIS EN UN ÉCLAIR, CE DERNIER L'ATTRAPE.

ET S'EN SERT POUR SE PROTÉGER DU BIBOU-TORNADO.
TCHAK TCHAK
PYJA-ROBOT PLUS PEUR ! VRRJTK !
PUIS IL JETTE LE BOUCLIER SUR LA MAIN D'APOPHIS POUR LE FAIRE LÂCHER SON SCEPTRE.
ZBOING
FFF...
FFF...
PYJA-ROBOT PARVIENT À S'EMPARER DU SCEPTRE, MAIS IL REÇOIT AUSSITÔT UNE DÉCHARGE DE PUISSANCE...
LÂCHE LE PYJA-ROBOT, IL EST TROP PUISSANT !
TRRJJII-IIIKT !

MAIS PYJA-ROBOT RÉSISTE ET LIBÈRE SES AMIS UN À UN.
MES POUVOIRS, JE LES CONTRÔLE À NOUVEAU !
MOI AUSSI... BRAVO, PYJA-ROBOT !
RENDEZ-MOI, ÇA, MISÉRABLES !
QU'AS-TU FAIT À MON SCEPTRE ? IL N'A PLUS DE POUVOIRS !
JE PARS LE RECHARGER DANS MON MONDE ET JE REVIENDRAI ! CRAIGNEZ LA REVANCHE DU PHARAON !

BRAVO, PYJA-ROBOT, TU AS BRAVÉ TA PEUR !
VRRRMM ! PYJA-CONTENT !
TU NOUS AS SAUVÉS. MERCI !

PYJAMASQUES, ON CRIE HOURRA...
CETTE NUIT, ON A RÉGLÉ LES TRACAS !

PYJAMASQUES

LES BULLES DE MÉCHANCETÉ

PREMIÈRE PARTIE

LA NUIT TOMBE SUR LA VILLE, ET COMME CHAQUE SOIR AVANT DE S'ENDORMIR, GREG LIT UNE AVENTURE DE SON HÉROS PRÉFÉRÉ. QUAND SOUDAIN...
SPLURCH!
BEURK!
UNE FEUILLE D'ALGUE? C'EST SÛREMENT UNE FARCE DE CETTE PESTE DE GORGONELLA! À MOINS QUE...
... GREG APPELLE AMAYA ET SACHA AVEC SA PYJA-MONTRE...
LES AMIS, J'AI REÇU UN MESSAGE DE GORGONELLA, ELLE A BESOIN D'AIDE!
BIEN REÇU, GREG! PYJAMASQUES, ON A UN NOUVEAU DÉFI...
LES SOUCIS, ON LES RÈGLE LA NUIT!

QUELQUES INSTANTS PLUS TARD AU QG...
LA VOILÀ, AU BORD DE L'ÉTANG.
ELLE A L'AIR TRISTE, ALLONS LA VOIR !
EH... MÉFIONS-NOUS, ELLE NOUS A DÉJÀ FAIT PLEIN DE MÉCHANCETÉS.
BOUHOUHOU !
MON HOMARD CRUSTAKI A DISPARU.
OH MA PAUVRE GORGONELLA, ON VA T'AIDER.
MOI, J'Y CROIS PAS, C'EST DU CINÉMA !
BEN OUI, ON EST DES VRAIS HÉROS. BIBOU ET MOI, ON FOUILLE LA VILLE. GLUGLU, TU TE CHARGES DE L'ÉTANG...
HI, HI, H

GLUGLU PREND SA REPTILO-MOBILE ET PLONGE DANS L'ÉTANG.
ET TRÈS VITE...
LÀ-BAS ! C'EST CRUSTAKI.
LE PETIT HOMARD FILE ET FINIT PAR DISPARAÎTRE ENTRE LES BARREAUX D'UNE CANALISATION... GLUGLU TENTE DE LE SUIVRE À LA NAGE MAIS...
IL A DISPARU ?
HA, HA, HA !
JE T'AI BIEN EU.
HÉ ! MA REPTILO-MOBILE !
C'EST MA GORGO-MOBILE MAINTENANT, GROS NIGAUD ! HI, HI !

UNE COURSE-POURSUITE S'ENGAGE. GLUGLU TENTE DE S'ACCROCHER À LA QUEUE DE SON ENGIN.
JE SAVAIS QUE C'ÉTAIT UN PIÈGE. RENDS-MOI ÇA !
MAIS C'EST QU'IL S'ACCROCHE LE PETIT TÊTARD !
ATTENTION, ÇA VA TOURNER !
LA REPTILO-MOBILE TOURNE À GRANDE VITESSE AUTOUR DE GLUGLU, QUI SE RETROUVE PRIS DANS UN TOURBILLON...
WOOOAAAAW !
SCHHH

... ET IL EST PROJETÉ JUSQU'AU FOND !
BLOUF
UUUH !
JE NE SAVAIS PAS QUE MA REPTILO-MOBILE POUVAIT ALLER SI VITE !
C'EST GRÂCE AU POUVOIR DE LA PIERRE DE L'ÉTANG.
ALLEZ, SALUT LE LÉZARD GLUANT, MERCI POUR LE SOUS-MARIN !

DE RETOUR AU QG...
JE VOUS L'AVAIS BIEN DIT, GORGONELLA M'EMBÊTE TOUT LE TEMPS!
ET MAINTENANT, J'AI PERDU MA REPTILO-MOBILE.
DÉSOLÉE GLUGLU...
ELLE AVAIT L'AIR SI CONVAINCANTE.
VRJJUITXT! NOUVEAU VROUM VROUM! SUBULDO!
LES TROIS HÉROS DÉCOUVRENT UN SOUS-MARIN FLAMBANT NEUF.
GÉNIAL, TON NOUVEL ENGIN!
AVEC ÇA, ON VA VITE RETROUVER LA MÉCHANTE PIEUVRE!

EN EFFET, PEU APRÈS...
ELLE EST LÀ-BAS ! TU NE PEUX PLUS NOUS ÉCHAPPER, GORGONELLA !
TU TU DUUU !
JE SORS LES PINCES, ON Y EST PRESQUE...
MAIS GORGONELLA ACCÉLÈRE ET LEUR ÉCHAPPE.
EMPORTÉ PAR SON ÉLAN, LE SUBULDO S'ÉCRASE.
GRRR... ELLE VA TROP VITE !
ON A BESOIN D'UN MORCEAU DE PIERRE DE L'ÉTANG POUR LA RATTRAPER !

NOS HÉROS EN REPÈRENT SUR LEUR RADAR!
REGARDEZ, UNE PIERRE ÉNORME!
À NOUS LA SUPER PUISSANCE!
FAUT FAIRE ATTENTION, ON NE CONNAÎT PAS SON POUVOIR!
ÇA VA JUSTE NOUS PERMETTRE D'ALLER PLUS VITE.
GARE À TOI, GORGONELLA!
MAIS BRUSQUEMENT...

TU OUBLIES QUELQUE CHOSE PETIT TÊTARD! JE SUIS LA SEULE À SAVOIR UTILISER CETTE PIERRE!
D'AILLEURS, MERCI D'AVOIR TROUVÉ CET ÉNORME MORCEAU POUR MOI!
HI, HI HI...
ATTACHEZ VOS CEINTURES, LES PYJAMASQUES, LE VOYAGE VA ÊTRE MOUVEMENTÉ!
HI, HI, HOU, HOU!
GORGONELLA UTILISE LA PIERRE POUR PRENDRE LE CONTRÔLE DU SUBULDO ET LE FAIT TOURNER DANS TOUS LES SENS.
WAAAH!!!
C'EST À CAUSE DE LA PIERRE, IL FAUT LA LÂCHER!
J'Y ARRIVE PAS!

YOYO, BIBOU ET PYJA-ROBOT PARVIENNENT À SORTIR DU SUBULDO.
J'AI UN PLAN POUR LUI FAIRE LÂCHER LA PIERRE. FAITES COMME MOI !
C'EST L'HEURE D'ÊTRE DES VRAIS HÉROS !
YOYO PASSE DEVANT LA REPTILO-MOBILE.
COUCOU GORGONELLA, TU NE M'ATTRAPERAS PAS !
TU VEUX PARIER ?
PUIS C'EST AU TOUR DE BIBOU DE LUI COUPER LA ROUTE.
NON, ATTRAPE-MOI PLUTÔT !
RRRH ! REVIENS MOINEAU !

ON EST LÀ !
ENFIN NOS HÉROS S'ÉCARTENT ET GORGONELLA SE RETROUVE NEZ À NEZ AVEC LE SUBULDO. C'EST LE CARAMBOLAGE !
BLAAAAAAAAAOUM !!!
AVEC LE CHOC, L'ÉNORME MORCEAU DE PIERRE DE L'ÉTANG SE DÉCROCHE PUIS SE BRISE AU FOND DE L'EAU...
NON, MA PIEEEERRE !

LE SUBULDO REMONTE À LA SURFACE, ET GLUGLU EN SORT TOUT ÉTOURDI.
WOOOW! J'AI LA TÊTE QUI TOOOUURNE!
ÇA VA, GLUGLU?
OUI, ÇA VA... MAIS GORGONELLA A TOUJOURS MA REPTILO-MOBILE, C'EST NUL!
T'INQUIÈTE, ON IRA LA RÉCUPÉRER DEMAIN SOIR.
EN ATTENDANT, PYJAMASQUES, ON NE CRIE PAS HOURRA, PARCE QU'ON N'A PAS RÉGLÉ TOUS LES TRACAS.

NOS HÉROS SONT LOIN DE S'IMAGINER À QUEL POINT...
REGARDE CRUSTAKI, C'EST UN CRISTAL DE PIERRE DE L'ÉTANG ! C'EST ENCORE PLUS PUISSANT !
LE TÊTARD GLUANT VA ÊTRE SURPRIS DE VOIR CE QUE JE PEUX FAIRE AVEC.
HI, HI, HA, HA !
GNN, GNN, GNN !
POUVOIR DU CRISTAL DE L'ÉTANG... AIDE-MOI À CRÉER DES GROSSES BULLES...
BLOUP
BLOUP
DES GROSSES BULLES DE MÉCHANCETÉ !
À suivre

PYJAMASQUES

LES BULLES DE MÉCHANCETÉ

SECONDE PARTIE

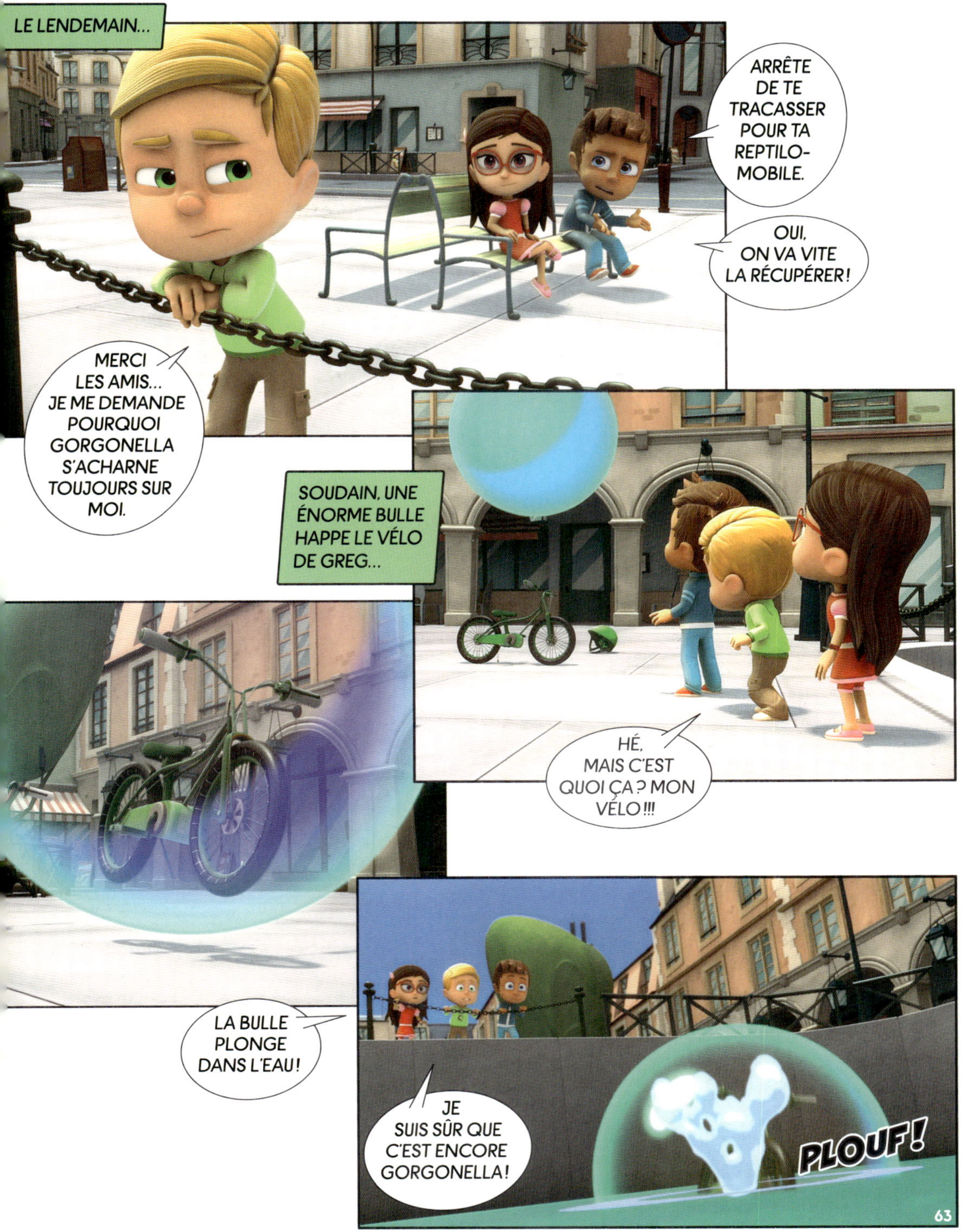
LE LENDEMAIN...
ARRÊTE DE TE TRACASSER POUR TA REPTILO-MOBILE.
OUI, ON VA VITE LA RÉCUPÉRER !
MERCI LES AMIS... JE ME DEMANDE POURQUOI GORGONELLA S'ACHARNE TOUJOURS SUR MOI.
SOUDAIN, UNE ÉNORME BULLE HAPPE LE VÉLO DE GREG...
HÉ, MAIS C'EST QUOI ÇA ? MON VÉLO !!!
LA BULLE PLONGE DANS L'EAU !
JE SUIS SÛR QUE C'EST ENCORE GORGONELLA !
PLOUF !

TOUT À COUP, L'ÉCOLE EST ENVAHIE DE BULLES, QUI CAPTURENT UNE À UNE TOUTES LES AFFAIRES DE GREG.
MON CARTABLE ! MON PROJET D'ART !
ET TON JEU PRÉFÉRÉ !
LÀ, C'EST CERTAIN, C'EST À TOI QU'ELLE EN VEUT.
T'INQUIÈTE PAS, ON EST AVEC TOI... PYJAMASQUES, ON A UN NOUVEAU DÉFI.
LES SOUCIS, ON LES RÈGLE LA NUIT !
À PEINE ARRIVÉ AU QG, GLUGLU SE PRÉCIPITE DANS LE SUBULDO.
ET LES SOUCIS, JE VAIS LES RÉGLER TOUT DE SUITE... À NOUS DEUX GORGONELLA !
HÉ... ATTENDS-NOUS, GLUGLU !

AU MÊME MOMENT, AU FOND DE L'ÉTANG...
TU AS COMPRIS, CRUSTAKI, TU DOIS GARDER UN ŒIL SUR CES BULLES. CE SONT LES AFFAIRES DU LÉZARD GLUANT. HI, HI, HI...
GNN, GNN, GNN...
GORGONELLA, RENDS-MOI MES AFFAIRES !
TU PEUX TOUJOURS RÊVER, LE TÊTARD !
ALORS JE VAIS LES RÉCUPÉRER MOI-MÊME !
JE TE PRÉVIENS MES BULLES SONT INCASSABLES !
GLUGLU ESSAIE D'ATTRAPER LES BULLES, MAIS ELLES LUI ÉCHAPPENT À CHAQUE FOIS...
GRRR ! ELLES N'ARRÊTENT PAS DE BOUGER !

HI, HI... C'EST PARCE QUE TU ES TROP LENT !
ET QUE J'UTILISE LE POUVOIR DE MA PIERRE DE L'ÉTANG POUR LES DÉPLACER !
HI, HI, HI...
ARRÊTE, CE SONT MES AFFAIRES, C'EST PAS JUSTE !
OOH, MON PAUVRE PETIT LÉZARD ! MAIS CE N'EST QUE LE DÉBUT... REGARDE !

UNE ÉNORME BULLE EMPRISONNE LE SUBULDO.
BLOUP
EEEH NON. C'EST PAS À MOI, C'EST À PYJA-ROBOT !
UNE AUTRE BULLE PASSE AVEC LE LÉZARD DE GLUGLU.
LIONEL !
ÇA SUFFIT, TU AS VOLÉ TOUT CE QUE J'AIME !
TOUT ? TU ES SÛR ?
HA, HA, HA !
BLOUP !
BLOUP !
YOYO ! BIBOU !

TE FÂCHE PAS LÉZARD GLUANT, JE NE FAIS QU'AGRANDIR MA COLLECTION!
RRRAH! LIBÈRE-LES TOUT DE SUITE!
GLUGLU FAIT LA ROUE ET DONNE UN COUP DE QUEUE POUR DÉLOGER LA PIERRE DE L'ÉTANG DES MAINS DE GORGONELLA.
IIIHHH MA PIERRE!
ELLE EST SI FRAGILE!
MAINTENANT, LIBÈRE MES AMIS OU ÇA VA BARDER!

GORGONELLA PREND SA CORNE ET SOUFFLE UNE GROSSE BULLE AUTOUR D'ELLE.
BLOUP !
ET VOILÀ, INCASSABLE. HÉ, HÉ ! TU NE M'AURAS JAMAIS.
ON VA VOIR ÇA...
GLUGLU MEGA-MUSCLES !
AAAH ! REPOSE-MOI !
SUBITEMENT LA PIERRE DE L'ÉTANG SE MET À CRÉPITER !
GLUGLU DOIT L'AVOIR ABÎMÉE.
WOW ! QU'EST-CE QUI SE PASSE ?
GZZZT
BAH, ÇA NE DOIT PAS ÊTRE BIEN GRAVE...

BRUSQUEMENT, LES BULLES DE MÉCHANCETÉ SONT PROPULSÉES VERS LA SURFACE, PUIS VERS LE CIEL...
WOOAAAH! AU SECOURS!
GLUGLU, POURQUOI TOUTES CES BULLES PARTENT DANS L'ESPACE?
EUH, BEN J'CROIS QUE J'AI FAIT UNE BÊTISE...
À SON TOUR, HECTOR SE FAIT HAPPER PAR UNE BULLE, DIRECTION LES ÉTOILES.
AAAH!
TENEZ BON, JE VAIS VOUS SORTIR DE LÀ. C'EST L'HEURE D'ÊTRE UN VRAI HÉROS!

3, 2, 1... DÉCOLLAGE !
BRAOUM !
LES AMIS, JE CROIS QU'ON EST DANS UNE SITUATION COMPLIQUÉE...
OUI, CES BULLES SONT INCASSABLES ET ON S'ÉLOIGNE DE PLUS EN PLUS DE LA TERRE.
NE VOUS INQUIÉTEZ PAS, VOILÀ GLUGLU !
ACCROCHEZ-VOUS !

GLUGLU ESSAIE DÉSESPÉREMENT D'ATTRAPER LES BULLES AVEC LES PINCES DU QG.
ZWIIIP
ELLES SONT TROP GLISSANTES !
PLAN B, J'AI APPORTÉ LA PIERRE DE L'ÉTANG, MAIS JE NE SAIS PAS M'EN SERVIR !
DEMANDE À GORGONELLA, ELLE DOIT PAS ÊTRE LOIN.
AAAH ! AU SECOURS !

GLUGLU MEGA-SAUT !
GORGONELLA, MONTRE-MOI COMMENT UTILISER TA PIERRE POUR VOUS SAUVER !
QUI ME DIT QUE TU VAS ME SAUVER AUSSI ?
BIEN SÛR QUE JE VAIS TE SAUVER, JE SUIS UN PYJAMASQUE.
REGARDE BIEN LA BULLE ET CONCENTRE-TOI SUR LE POUVOIR DE LA PIERRE.
GLUGLU RÉUSSIT À RASSEMBLER TOUTES LES BULLES DANS LE QG.
BRAVO, GLUGLU !
MERCI, T'ES UN HÉROS !
ALLEZ, ON RENTRE TOUS À LA MAISON ! MÊME TOI, GORGONELLA !

LE QG MET LES GAZ VERS LA PLANÈTE TERRE...
... PUIS SE POSE, ET GLUGLU FAIT SORTIR LES BULLES.
DERNIER ARRÊT, TOUT LE MONDE DESCEND !
ET MAINTENANT...
PLOP !
PLOP !
PLOP !

PAS MAL POUR UN TÊTARD, MAINTENANT RENDS-MOI MA PIERRE!
HOLÀ! PAS QUESTION! ELLE VA TOUT DROIT DANS NOTRE COFFRE!
GORGONELLA PLONGE DANS SON ÉTANG, FURIEUSE.
GRRR... JE T'AURAI LÉZARD GLUANT...
PYJAMASQUES, ON CRIE HOURRA...
CETTE NUIT, ON A RÉGLÉ LES TRACAS!
FIN

PYJAMASQUES

RETROUVE D'AUTRES HISTOIRES DE LA SÉRIE

PYJAMASQUES

HORS-SÉRIE

PYJAMASQUES

Gallimard Jeunesse Giboulées
Sous la direction de Colline Faure-Poirée et Hélène Quinquin
Édition : Diane Costa de Beauregard & Véronique Basile Montigné
Direction artistique : Christophe Hermellin

ISBN : 978-2-07-514829-0
Numéro d'édition : 370054
Dépôt légal : septembre 2021
Loi n° 49956 du 16 juillet 1949 sur les publications destinées à la jeunesse.
Imprimé en Espagne par Edelvives.

PYJAMASQUES